ESTUPRADOR EM POTENCIAL

DIREITO DE DEFESA

Samuel Rocha

Esta obra é uma espécie de homenagem a boa vida boemia. As situações, ambientes e pessoas na obra não necessária representam fatos por se tratar de uma ficção. Qualquer semelhança com a realidade ou pessoas supostamente envolvidas não passam de meras coincidências.

O Autor.

"Se o estupro é inevitável, relaxa e goza."

- Adágio Popular

SUMÁRIO

A ADVOGADA DA DEFENSORIA PÚBLICA

A sala cinza solitária deixava o banco de concreto, o único ser de péssima decoração, no ambiente ainda mais deplorável do qual me encontrava. Preso, planejando qual seria minha próxima desculpa para meus atos. Acusado de estupro por uma histérica.

Teria fiança? Não sei o quão grava era a situação. Minhas preocupações não duram muito, eu as substituo pelo próximo ato. Não me distraio muito fácil. Sou concentrado o suficiente para não perder o foco. A questão é que minha distração e meu foco são os mesmos. As adoráveis mulheres que desafiam minhas capacidades. Não entenda mal. Eu sou um excelente competidor e aceito desafios.

Os passos dos sapados denunciavam o salto alto desafiando minhas habilidades. Antes mesmo de entrar na sala eu tinha aceitado o desafio. Queria ela, a doutora da defensoria pública ser mais que minha advogada. Poderia pagar para ter uma advogada, mas qual seria a graça? Gosto de jogar com as cartas que me são dadas. E a advogada que estava do outro lado das grades era deslumbrante.

Levantei lentamente e permaneci em silêncio admirando sua aparência. Alta, cabelos castanhos e olhos pretos sérios com um nariz afilado que mostrava sua postura séria. Uniformizada acreditando ser uma profissional desempenhando sua função.

Meu caso não poderia ser mais um em sua lista de afazeres no serviço público. Sua linda voz suava com uma delicadeza cativante que fazia minha mente pervertida imaginar coisas.

— Você precisa informar o que aconteceu para eu redigir sua defesa. – essa foi a frase que deixou uma marca simbólica. A doutora queria os detalhes.

Pensando nesses detalhes comecei a remoer todas as minhas aventuras sexuais para saber se elas poderiam ser falhas na minha conduta. Quem era essa histérica que insistia em diminuir minhas conquistas? Ninguém. Ela não tinha nada. Se a advogada queria os detalhes, eis aqui minha versão dos fatos.

A VADIA DO CURSINHO

Não posso organizar meus atos de forma cronológica. São memórias que aparecem agora em flash na minha mente. O passado com detalhes antes despercebidos que agora parecem muito mais reluzentes. A forma natural com o que aparecem na minha mente define a importância dos meus atos e serve para classificar minhas façanhas. E acredito que a vadia do cursinho era mais que especial. Não tinha dado a ela essa devida importância na época.

Jovem e ambicioso frenquentava o assim chamado cursinho pré-vestibular. O curso era ministrado a noite com matérias tratadas de forma rápidas e técnicas para se sair bem no vestibular. Na sala, diferente da escola encontrava as mais variadas pessoas. Desde adolescentes a mulheres maduras que sonhavam com uma vaga na universidade.

Na sala de aula a concentração nos estudos era total. As indiretas e investidas das mulheres passavam despercebidas por mim. Estava concentrado demais tentando aprender. Parecia algo notável, pois as mais atrevidas viviam me pedindo ajuda. E foi uma dessas que simpatizei.

Na segunda semana de cursinho a moça já nem se importava e gostava que a acompanhasse até a porta de sua casa. Ela morava na cidade, dividia o tempo entre trabalhar de dia e estudar a noite. Na casa era apenas ela e o seu irmão, este também frequentava o cursinho. Seu turno era na parte da tarde, às vezes tinha aulas até a noite.

Nesse ritmo lá para o fim do mês com essa rotina que nossa intimidade já permitia certas brincadeiras. E foi assim que em um fim de tarde quando estava na porta da casa dela, um pouco atrasado que esbarrei com o irmão da moça. Ele deixou a portão aberto e disse que ela tinha acabado de chegar do serviço e estava se arrumando. Como estava com pressa disse para eu esperar que ela já vinha.

Esperei alguns minutos, e não apareceu ninguém. Então entrei pela casa a procura da minha simpática moça. A casa estava um silêncio. Bisbilhotei alguns cômodos e não vi movimento algum no banheiro. Até que me dirigir ao quarto da jovem. Ela estava cansada do trabalho e provavelmente adormeceu enquanto descansava alguns minutos, pois do vão da porta semi aberta conseguia ver minha simpática jovem na cama.

A vadia estava deitada na cama. Nem se deu o trabalho de cobrir o corpo. Semi nua, usava apenas uma camisa. O lençol fino deslizava pelas curvas marcantes de seu lindo corpo escultural. As pernas e parte de suas nádegas eram visíveis, se bem que os seios mesmos cobertos eram realçados pela posição que se encontrava. Observava sua respiração levantar e abaixar o torso. Deslizei as pontas dos dedos suavemente pelas suas pernas enquanto escorregava o lençol. Perfeito. Já estava excitado... deitei na cama sem deixá-la acordar. A calça jeans formava uma barraca digna de escoteiro. Com a habilidade certa coloquei para fora e comecei a roçar entre as curvas e vulva. Ela se mexeu um pouco acordando confusa. Seus olhos ainda fechados. Coloquei a mão direita sobre o pescoço dela e os dedos entrelaçaram seu cabelo por trás, segurei com força e puxei um pouco a cabeça cheirando seu cangote.

Huuuummmmm... arrhhhh. – Respirei no seu ouvido mordiscando suas orelhas.

Ela percebeu e balançou o corpo passando sua mão esquerda pela minha cabeça. Retribuir o carinho segurando firme seus seios. Estava pronto. Penetrei o suculento canal vaginal lentamente até o limite... dezessete centímetros e meio.

Ahhiinmmm!... – ela gemeu.

A vadia era minha agora. Cedeu involuntariamente as minhas investidas.

Ela gozou nesse dia. Satisfeita.

Mais tarde a ridícula iria me acusa de estupro.

A VADIA QUER CARONA

Os eventos acontecem de forma natural que as oportunidades oferecidas a mim transformam pequenos desejos em fatos. Se a histérica queria colocar minhas conquistas em dúvida, eu preferia ser preso a diminuir uma aventura se quer de minha lista. Eu coleciono cada um dos meus atos. Todos tem um quê de especial.

Lembro agora do meu emprego na empresa de consultoria. Conhecia muitas estagiárias na parte administrativa que concluíam ensino técnico de administração. Secretárias. Todas eram secretárias. Empolgado com o serviço prolongava até horas e costumava ser um dos últimos a ir embora. E nessa oportunidade algumas que fazia a mesma rota eu oferecia carona. Muitas aceitavam sem questionar. Uma dessas desinibidas estagiárias, inocente, começou a flertar comigo já tinha uns dias. Na oportunidade já tinha rolado alguns beijos pouco mais *calientes*. Mas ela era inocente e as coisas deveriam andar de forma mais vagarosa. Eu não tive toda essa paciência.

Estava desejando uma carne mais nova já fazia um bom tempo. Já estava escurecendo e ela não hesitou e entrou no carro sem muita cerimônia. E foi uma conversa normal até a proximidade de sua casa que imbuído de segundas intenções, parei o carro em uma rua deserta que eu conhecia muito bem. Se fosse um crime seria agravante por ter premeditado tudo.

Insistia cada vez mais entre uns beijos e apertos. Seu vestido era ajustado e modelava o seu corpo, curto quase um palmo do joelho, de forma que a qualquer toque dava para sentir perfeitamente suas curvas. Ela resistia. Mas convenci a inocente estagiária a mudar para o banco de trás. Acredite: Todas são vadias no banco de trás.

Apenas um vidro da janela do carro estava aberto. Isso deixava a respiração ofegante. A temperatura subia entre os apertos e beijos cada vez mais empolgados. Pressionei vadia no banco, isso a obrigou a passar uma das pernas por cima da minha. Com um gesto magistral a vadia já se encontrava no meu colo. De frente. Arranhava levemente as mãos por suas pernas. Elas estavam arrepiadas. Minhas mãos sabiam o que fazer e seu sutiã fez um clique imaginário avisando que estavam livres. Assim já chupava os deliciosos seios da pequena.

Ela mantinha uma leve resistência. O falo já estava ereto há muito tempo, como um obelisco. Nem retirei a calcinha da vadia, movi para a lateral e deixei assim. Tentava perfurar a pequena. Ela mantinha uma ternura que fazia desejar aquilo mais do que nunca. Pressionei. Ela sentou na ponta e deixei a gravidade fazer o resto.

NannAhhhhh!... – o único som que fez a vadia.

Tão apertado que quando rompeu seus movimentos peristálticos ainda perduram vividos na minha memória.

Seu rosto branco ficara corado de rosa. Ainda me queria mais.

No outro dia, preocupada, disse que não era mais para acontecer. Atendi o seu desejo.

Não fui violento.

A ADVOGADA TEM HONORÁRIOS

Pela manhã recebi a ordem de fiança, poderia vagar pelas ruas novamente sobre tutela do estado. Minha advogada era eficiente. Apesar disso meu caso não tinha encerrado. Pelo corredor da delegacia consegui ver minha advogada do outro lado da sala, aguardando nosso encontro. Devia ser impressão ou ela estava mais receptível, mandei um breve relatório para a doutora. Ela pensou em mim enquanto lia? Coloquei os detalhes que ela queria.

Sentei na cadeira macia, e cumprimentei a doutora. Entre conversas e explicações monótonas minha atenção voltava para o cruzar de pernas da advogada. Sua saia era padrão, então a única parte exposta que desviava a minha atenção ficava do joelho para baixo.

— Entende que você esta em uma situação delicada. Serviços voluntários é uma opção viável. — tentava me explicar os termos técnicos a advogada.

Depois da fiança teria que ter um acordo entre as partes envolvidas e na pior das hipóteses a advoga tentava me convencer que os serviços voluntários poderia ser uma opção boa. Boas ações para minha postura moral. Mas minha ficha era impecável não tinha nem uma multa de transito se quer. Boas ações, eu sempre faço isso.

A VADIA VAI MUDAR

Espero que um dia minhas boas ações sejam colocadas em uma balança para serem recompensadas. Boas ações para se livrar de uma acusação. Só consigo pensar em mais situações de conteúdo duvidoso. Fiz uma dessas ações inspirado, ajudei uma velha amiga na mudança.

Sou um homem de listas, e nessa aventura de aperfeiçoar meus atos eu fiz minha própria lista de mulheres para colecionar. Dentre essa lista que variava conforme a aparecia, desde magra, baixas, altas e as mais fofinhas, também precisei preencher a lista com características além da superfície, e lá estava uma 'amiga'. Tentei algumas antes, sem sucesso, até por fim achar a presa ideal. Uma velha amiga do colegial que sempre a admirei por sua beleza e momentos de simpatia.

Ela estava precisando de ajuda para mudar de casa, algo assim. Descobrir isso quando inusitado reatei conversas com a mesma. As velhas emoções e saudosismos baratos facilitaram o processo e no outro dia já estava na porta de sua casa ajudando a levar um pouco de sua mudança no meu carro, e ela veio junto.

O apartamento estava vazio. Não tinha muitos móveis, por isso assim que chegamos a sala parecia o melhor ambiente, eu logo abri um vinho que tinha levado para a ocasião e ficamos sentado no tapete conversando e relembrando tempos do colegial. Meus elogios a sua beleza devia fazer efeito, ela realmente era linda nesses tempos. Não percebi muito bem como esse processo se deu devido ao calor do momento provocado pelo teor levemente alcoólico do vinho. Lembrei por algum motivo de uma frase antiga que li em algum livro sobre nunca fazer sexo no tapete. O autor não tinha explicado o motivo.

O vinho tinha provocado sensações magníficas misturando a nostalgia de rever uma amiga que sempre estavam em minhas antigas fantasias sexuais. Sentada com as pernas cruzadas, avancei e a empurrei tombando a vadia com um baque abafado no tapete. Seus beijos úmidos e provocativos eram mais que o suficiente. O short curto que usava foi arrancado as pressas juntamente com a calcinha. Estava muito ansioso para completar o meu objetivo e a nostalgia misturava os sentimentos em um turbilhão de emoções. Mergulhei no meio de suas pernas. Ela fez uma cara de repulsa ignorada por mim. Não foram três lambidas direito e empurrei ansioso com força o pênis na vadia.

Aiinnnn! – gritou abafada.

Meti sem dó.

Malinava e abusava nas posições com a vadia.

Foi incrível, ela confessou.

Sobre o tapete: o conselho é porque seus joelhos vão ficar todos esfolados.

Depois me diria que não tive dó. Verdade, mas ajudei a vadia naquele dia.

Isso foi uma boa ação.

A VADIA DO DIA

As memórias vão se costurando e puxando outras antes adormecidas. Sobre as listas, preciso esclarecer minhas técnicas. Unir teoria absorvida nesses anos de estudos com uma habilidade certa para praticá-las. Digo sem sobra de dúvida que a prática leva a perfeição. Nas horas vagas como bom estudioso, os livros eróticos e dicas da internet se misturavam com a pornografia, e claro, eu não consumia esse conteúdo por vício. Era aprendizado, técnicas e posições que selecionava para testar e transformar os objetos encontrados em arte. Meus objetos eram as mulheres. E aprendi depois de certo tempo que não existia mulher intragável. Elas só estavam mal posicionadas. A arte aqui era colocar as vadias na posição correta. E cada vadia tinha a posição e ambiente ideal para digerir. Por isso considero um artista. As transformava em obras de arte!

Conquistar alvos fáceis ou difíceis foram superados na lista pessoal. Meu objetivo era selecionado por dia. Se um dia queria seios fartos, essa era minha vadia do dia. Se queria coxas, cabelos ou um belo rosto eu as escolhia agora por partes. Minhas vadias, como Frankenstein, para assim colecionar as partes ideais e montar a vadia perfeita. Ao menos montá-la na imaginação. Sou realista o suficiente para acreditar que não encontraria a vadia perfeita assim tão fácil. Então eu me divertia no dia com suas partes.

E a vadia do dia que lembro como boa ação era a uma morena desconhecida. Como a conheci não é necessário informar porque o certo é que não nos conhecemos antes do encontro. Tudo foi indicação e parceria. Estava fazendo um favor a um colega e deveria ajudar com sua companheira. A verdade é que aceitei porque desejava uma pele negra com o traseiro arrebitado.

Na rua, mal parei o carro e a vadia entrou. Sempre admirei a coragem dessas vadias, entrar no carro de um desconhecido com um simples "Oi". Não tinha muito o que conversar e entramos no primeiro motel que estava a no caminho.

No quarto do motel a cama compunha o ambiente ideal. Já despida coloquei a vadia na posição certa para ela. Quase de joelhos no chão próximo a cama com o corpo deitado somente a parte de cima. Assim seus joelhos não tocavam o chão devido a altura da cama e suas qualidades eram realçadas. As curvas marcantes de suas nádegas eram feitas com qualidade, e a consistência delas era geneticamente atlética. Também já me encontrava completamente nu, pronto para o ato. Admirei a paisagem por um tempo e aproximei da obra.

Não emitiu nenhum som.

Degustei lentamente por trás a vadia por um bom tempo.

Não me disse nada depois.

Boas ações.

CONSULTÓRIO DA ADVOGADA

O consultório da advogada faz parte da minha nova rotina de liberdade. Da janela consigo olhar o movimento dos carros, a espera da minha advogada. Os minutos que antecedem o encontro são aproveitados com fantasias sobre a doutora.

Uma característica interessante desses encontros é a teatralidade de nossas personalidades. Ela como advogada insiste em manter a postura profissional passando dicas e explicações de termos do meio jurídico. Temos em comum esses momentos de convergência de ideias. Ela quer o melhor para mim. Na divergência, é quanto a lei sobre o permitido para caracterizar um estupro. Muito difícil saber esses coisas no calor do momento. Sempre foi simples, se estava lá dificilmente não queria. Esses sinais são minuciosos e envolve mais que palavras, uma vez que a linguagem corporal faz parte do jogo da sedução. Mas não me lembro de ter feito algo forçado.

Os termos da lei aplicados nas particularidades das relações é apenas uma regulamentação do estado com relacionamentos. Muito complexos para esses detalhes.

A VADIA PREPARADA

Não seria justo querer pontuar esses momentos com atos violentos. Não posso dizer que sofri com isso, seria desonesto. Minha vida boemia na faculdade permitia desfrutar dessas particularidades.

A faculdade e seus momentos de lazer entre contas e projetos. Minha vida na engenharia marcada por essa rotina agendada e estressante. Por vezes precisava de inspiração com algumas aventuras agraveis com as lindas arquitetas de minha vida. Dentre esses anos de aventuras de jovens universitárias, um desses casos poderia muito bem ir para a lista da doutora. Ignoro as inexperientes que conheci, as belas, as divertidas e algumas que até poderia ser o caso. Diferente das demais que marcam no primeiro encontro, e apenas esse bastaria, a inspiração veio do segundo. Planejada nos detalhes, decorada com estilo e marcas de originalidade.

Roubei um beijo dela em algum bar. Cativante por ser mais uma que poderia incluir na lista de Schindler. No primeiro encontro os leves receios, falsos recatos e logo mais no desenrolar da noite estava seguindo empolgada pelas circunstâncias das situações que a levaram para a cama. Sapatos, roupas e um bom som. Com disse, apenas isso bastaria, mas ela queria repetir a dose. Não costumava abrir certas exceções, pois eu tinha um objetivo. Mas cedi a seus encantos e fui seduzido para mais alguns aventuras.

Outro final de semana e relutante, encontro a moça nos corredores da faculdade. Ouvi a sua oferta, achei tentadora, me disse que tinha um presente. Estava preparada, pois tinha gastado horas se produzindo. Acredito que estava receosa pela ultima vez, e queria fazer uma surpresa. Nas suas palavras ela insistia que eu deveria gostar. Dito isso fomos ao primeiro motel que veio a mente.

A surpresa estava lá despida, completamente nua. A vadia estava preparada. Suas horas de produção apreciadas nos mínimos detalhes. Um contraste, visto que agora era perceptível que a vadia tinha depilado tudo. Lisinha. Nos enrolamos na cama. Minha boca percorria a suave pele macia da vadia por todo seu corpo. Estava por cima, mas ela me virou e nesse movimento minha cabeça bateu na cabeceira. Felizmente macia. O travesseiro escapuliu e nenhum estava à vista para apoiar. A vadia pulou em cima de minha cabeça prendendo entre a cabeceira e suas pernas obrigando a admirar a decoração no mais alto estilo 'clean'. Estiquei as mãos tentando agarrar alguma coisa para desvencilhar da armadilha para conseguir respirar. Estava me sufocando. Nesse intervalo a paisagem era tão agradável que não resistir apenas com a apreciação da vista e comecei a me esbaldar de seus lindos, lisos e molhados lábios vaginais. A tensão entre o êxtase da vadia que rebolava na minha cara e me prendia entre suas pernas a cada chupada em busca de algum oxigênio para respirar marcava com originalidade a cena artística.

UaaaArhh. Respirei finalmente ao êxtase da vadia.

A vadia me afogou. Sufoquei. Não sei.

Gostei.

A VADIA NÃO QUER MAIS

Geralmente era isso ou aquilo. Sem meio termo. Sou muito prático para querer complicar as sutilezas das relações. Trato aqui a lei imaginária das relações como um contrato em que ambas as partes envolvidas podem ser beneficiadas ou não. Pode ser um contrato com termos severos, termos justos e até mesmo com exigências além das expectativas. Isso vai variar conforme a mercadoria envolvida nessa transação. Interferir no calor do momento para saber se estar de acordo com os termos é um simples detalhe que é sabiamente resolvido e contornado conforme a situação. Agora, se arrepender dos atos depois por crise de consciência é imaturidade. Acho todos esses momentos perfeitos em suas condições, nos faz humanos com suas emoções no furor dos desejos. Sempre é bom avaliar a situação conforme as cartas que nos são apresentadas e optar pela melhor jogada. E em certas situações, pela menos danosa. Se isso poderia resumir em meros contratos imaginários eles também poderiam ser rompidos a qualquer momento. Óbvio, se as circunstâncias permitirem.

Festas e depois bares da vida boemia noite afora. Assim tenho a oportunidade de encontrar minhas vítimas. Na noite algumas cartas são perigosas de mais para se arriscar. As mais prováveis não se importam de levar uma boa mão para a mesa. Na mesa dos bares os reencontros de outras festas de minutos anteriores fazem os desconhecidos parecerem familiares, íntimos para ganhar simpatia e seguir a via sacra até o fim da noite. A dama da noite que estava a horas na mesa com indiretas, era uma carta ariscada de mais para mim. A dama segura de suas aventuras se divertia comigo exibido sua maturidade na noite. A curiosidade pela devoradora de homens permitiu que me conduzisse a usar a sua mão.

A intitulada "galera" da noite estava determinada a beber até o ultimo gole. Nesse desenrolar de bar em bar e casas de conhecidos o carro parou na próxima casa de nossa via boemia. As pessoas estavam alcoolizadas o suficiente para deixar despercebidos os detalhes e o vulgar fazia a normalidade da casa. A dama devoradora de homens tinha acabado de chegar a casa e esse detalhe foi ignorado por mim devido ao estado levemente alcoolizado que estava. Quando estava pronto para sair do banheiro reconheci a dama, pois ela se esbarrou em mim e sem pedir licença entrou.

A vadia achou a coisa mais natural do mundo quando fechou a porta. Permaneci parado. Estava muito perto que ouvi sua respiração, sem muitas palavras começou com beijos provocativos. Dois ou três beijos e encostei a vadia na parede enquanto escorregavam suas costas flexionando as pernas. Quando chegou ao chão do banheiro a dificuldade do espaço não permitiu que ambas as pernas ficasse esticadas e assim nessa posição penetrei a vadia. Não devia estar nada confortável para ela. Ereto, pulsante no meio do ato.

A vadia pediu para parar.

Obedeci. Não fui eu que interrompi o ato, foi a vadia.

A ADVOGADA É UMA VADIA

Poderia ser em qualquer lugar. A sala da advogada uma metáfora para além de um ambiente privado separado pelas paredes. Penso em qualquer coisa diferente do processo de uma acusação banal. Não posso aceitar menos que uma indenização.

Vestida como de costume. Suas palavras deixaram de ser assimilada. O charme barato da advogada não vazia mais efeito em mim. Não considero aqui as implicações dessas atitudes. Uma ideia maravilhosa fantasia minha mente há alguns dias. A doutora esta nessas fantasias. Procura uma vadia perfeita, fisicamente essas qualidades poderiam estar longe de serem montadas, mas o comportamento que pode dar vida a personalidade dessa vadia poderia ser uma que fosse cúmplice, parceira e me apoiasse nos meus atos.

Os encantos e charmes antes correspondidos não eram mais visíveis nos olhos de espanto quando a doutora lia um relato que entreguei para ela. Um histórico da ocorrência. A vadia levantou da mesa, mas a agarrei. Enquanto esperneava, os sons e gritos não podiam ser ouvidos. Sabia que estava sozinha.

Desarrumada, em choque a sala com a cadeira tombada no chão e papeis que deveriam estar na mesa espalhados pelo chão. O ambiente era perfeito para a vadia. Sua roupa de baixo arrancada a força e jogada no canto da sala. A cena clássica estava montada. Olhei para o ambiente novamente admirando o cenário e a estrela da cena antes de deixar a sala:

Ela estava linda.

HISTÓRICO DA OCORRÊNCIA

A vítima compareceu a esta unidade sem saber exatamente como os fatos até aqui poderiam ser esclarecidos. Vestida de forma usual suas roupas e aparência logo mais seriam agravantes para a situação. O grau de instrução da vítima é um fato notório que sabiamente é fundamental nesse processo. As implicações e forma como se comportou ao logos dos encontros com o suspeito são atenuantes dessa situação que cabe recurso. O direito de defesa é delegado a todos. Nota que a vítima faz bom uso de seus atributos, uma vez que agiu de forma a ser cúmplice nas ações do suspeito.

Eu, o estuprado em potencial.